图书在版编目（CIP）数据

理想城 /（比）波特文；（比）豪得萨博斯图；于夏译. -- 北京：北京联合出版公司，2014.5
ISBN 978-7-5502-3132-0

Ⅰ.①理… Ⅱ.①波… ②豪… ③于… Ⅲ.①儿童文学—图画故事—比利时—现代 Ⅳ.①I564.85

中国版本图书馆CIP数据核字（2014）第110964号

© 2012, Uitgeverij Lannoo nv. For the original edition.
Original title: Stad. Translated from the Dutch language
www.lannoo.com

© 2014, Gingko (Beijing) Book Co. Ltd. For the simplified Chinese edition

本书为荷兰Uitgeverij Lannoo nv出版社授权银杏树下（北京）图书有限公司在大陆地区出版发行简体字版本。

理想城

文：[比利时]库恩·德·波特
图：[比利时]彼得·豪得萨博斯
译：于 夏
选题策划：北京浪花朵朵文化传播有限公司
出版统筹：吴兴元
特约编辑：刘叶茹 李秀芬
责任编辑：徐秀琴 宋延涛
封面设计：刘永坤 闫献龙
版面设计：张宝英
营销推广：ONEBOOK
装帧制造：墨白空间

北京联合出版公司出版
（北京市西城区德外大街83号楼9层 100088）
北京盛通印刷股份有限公司印刷 新华书店经销
字数10千字 889×1194毫米 1/16 3印张
2014年8月第1版 2014年8月第1次印刷
ISBN 978-7-5502-3132-0
定价：36.00元

后浪出版咨询（北京）有限公司常年法律顾问：北京大成律师事务所 周天晖 copyright@hinabook.com
未经许可，不得以任何方式复制或抄袭本书部分或全部内容
版权所有，侵权必究
本书若有质量问题，请与本公司图书销售中心联系调换。电话：010-64010019

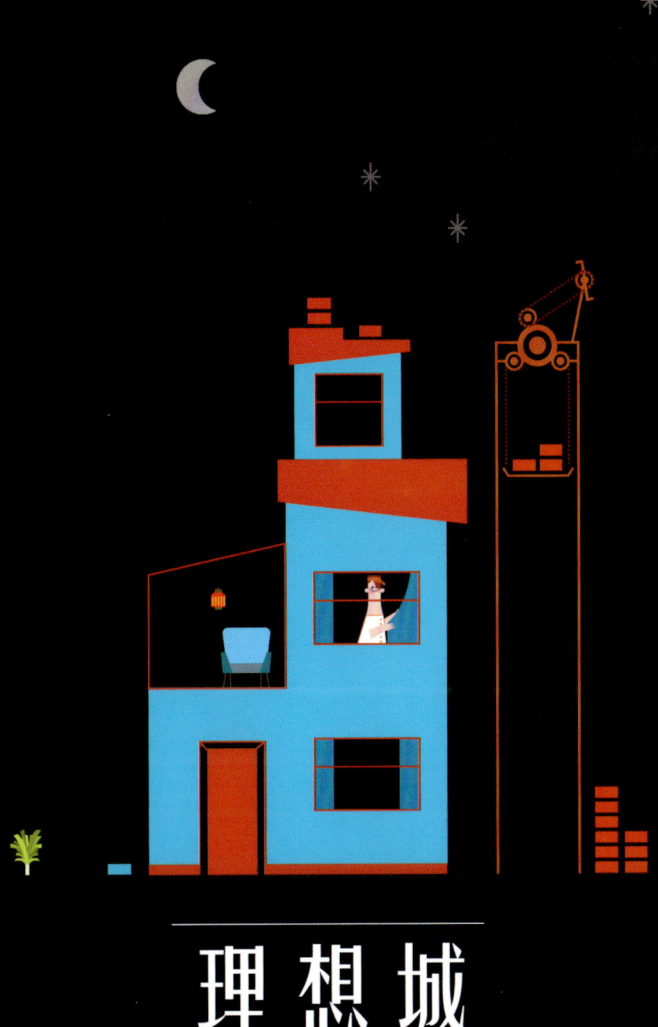

理想城

［比利时］库恩·德·波特 文
［比利时］彼得·豪得萨博斯 图 于夏 译

很久很久以前，有一位贫穷的樵夫。
他有三个儿子：艾尔文、斯文和瓦特。

他们住在韦豪森林中的一间小木屋里。
樵夫和他的儿子们并不富有，但他们一直很快乐。

每天早晨，樵夫都会用橡果和松树蜜做一顿丰盛的早餐，然后出去伐木。
在他干活儿的时候，他的儿子们就去森林里寻找小矮人，或者爬上高高的树枝建造小木屋。

当然，他们是不会爬到爸爸正在砍伐的树上建的，因为那样太危险了！

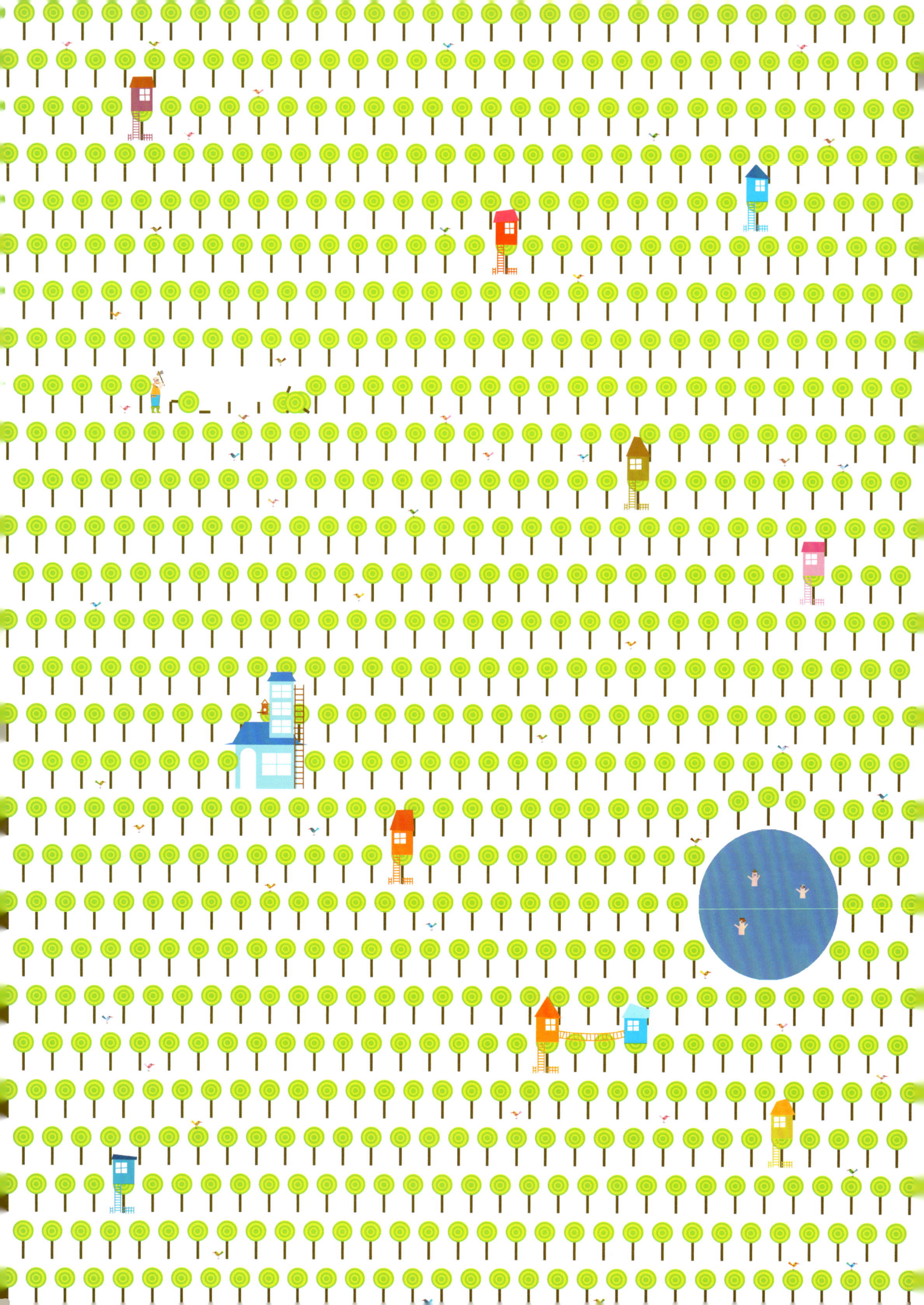

他们白天玩得脏兮兮的,到了晚上就去湖里游一会儿泳,然后头发湿漉漉的就去睡觉了。他们喜欢睡在厨房,因为那里有非常好闻的橡果和松树蜜的气味。

如果天气太冷睡不着觉,樵夫就和儿子们一起听着屋外呼啸的风声消磨时间,或者一边讲笑话,一边小心地用橡果蘸着松树蜜吃。

他们并不富有,但他们一直很快乐。

艾尔文十八岁生日那天,樵夫为他举办了一个很特别的庆祝会。

他用秋天的落叶和松针制作了很多装饰品,用一张褶皱的报纸折了一个生日帽,还用橡果和松树蜜做了一个蛋糕。

虽然只是一个小聚会,但一家人却其乐融融。

他们一起唱歌跳舞,玩得非常开心。

樵夫用手风琴演奏了艾尔文最喜欢的音乐;斯文用木头雕了一只小松鼠送给哥哥;而瓦特则为哥哥做了一个漂亮的宝座。

月亮升起来的时候,斯文和瓦特都去睡觉了。樵夫带着艾尔文来到了森林的尽头。

"孩子,"他说,"你现在长大了,有能力照顾自己了。我很贫穷,给不了你更多了。你走吧,去找一个新的地方生活,寻找自己的幸福。"

于是,艾尔文走了。

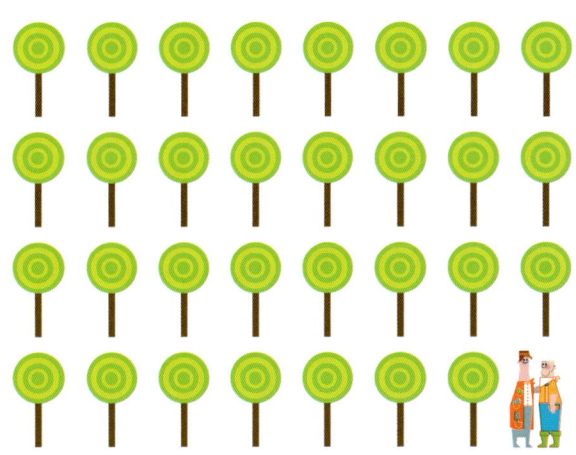

第一章

艾尔文完全不知道自己该去哪里,只能漫无目的地走啊走。
他走了一天一夜。
回头看看身后,远处的韦豪森林已经只有一个小点儿那么大了。

眼前是一望无际的荒原,荒原上什么都没有。
他努力眺望,视线所及之处一片空旷。
除了……
一棵葱。

在这片荒原中间长着一棵大葱。

这棵葱长得太好了,新鲜又有光泽。
艾尔文突然在它身上看到了希望,决定在它旁边建造自己的房子。

当他正忙着盖房子的时候,不知从哪里来了一位先生,他很好奇地看着那棵葱。
"不好意思打扰了,"那位先生咳了一声说道,"请允许我向你表达善意的祝贺,祝贺你拥有这样一棵生机勃勃的葱。"

"谢谢你,"艾尔文说道,"但其实这棵葱不是我的。"
他一边说一边继续垒着砖头。
那位先生摇着头说:"附近只有你这一座房子,这棵葱一定是你的!"

艾尔文继续盖着房子,头也不抬地说:"这棵葱一直就在这儿,我来的时候就有了。"
那位先生很疑惑地看了看,问道:"那这棵葱是谁的呢?这么好的一棵葱不会是从天上掉下来的吧?"
"我也不知道。"艾尔文无精打采地说。

他把砖头整齐地垒在一起。
越来越多的人走了过来,他们好奇地站在那位先生旁边,而那位先生只是一直盯着天空看。

"真是难以置信,"他喃喃自语道,"这种事我还从没见过!"然后他便绘声绘色地向每一个人讲述起这棵葱从天而降的故事。

艾尔文在房子周围铺了石子路，还种了一大片美丽的花儿。

有玫瑰、郁金香、向日葵，还有各种不知道名字的花儿，五颜六色一大片。

他看到花园里出现了蝴蝶、甲虫、毛毛虫等各种昆虫，于是给它们都起了名字。就为起名字这件事，他还忙活了好一阵子。

他用美丽的篱笆把自己的房子围起来，还在屋顶上装了一个风向标。

来这里的人越来越多。他们都对那棵从天而降、挺拔翠绿的大葱惊叹不已。

那位先生在艾尔文的房子旁边住下再也不走了，还拿了一把小铲子照料那棵大葱。

他每次都会给别人讲一遍大葱的故事。他觉得这样有趣极了，因为大家都听得津津有味……

"我几天前看到这棵葱在云端飞翔，就像一只绿色的大鸟！"

那位先生一边说一边像大鸟展翅般伸开双臂。

"我追着它跑，一直跑了几公里远，直到它'轰'的一声落到了地面上。"

他抬起头看着天空，眼神充满了期待，仿佛还会有第二棵大葱从天而降一样。

听完故事，人们都鼓掌欢呼。

艾尔文摇摇头，继续耕耘自己的花园。

现在,艾尔文每天早晨七点都会被吵醒。因为有个扩音大喇叭一直响个不停,连续播放首届大葱游行要开幕的消息。

那棵大葱的故事像野火燎原般迅速传遍四面八方。很多游览车从各地驶来,满载着对那棵大葱感兴趣的游客们。每个人都想亲眼看一下这棵神奇的葱,而且每个人都期待能够亲眼看到另一棵葱从天而降的瞬间。

有几个聪明人开了几家小商店,出售与大葱相关的产品。当游客们饿的时候,他们可以在面包店买大葱形状的面包吃,也能在冰淇淋店买大葱造型的冰淇淋吃。当然他们还可以买大葱汽水喝,而且能免费得到一个大葱气球给孩子玩。

人们还可以穿着大葱造型的衣服拍照留念。那种大葱造型的衣服还配有一个大葱头的帽子和一个大葱耳罩。
人们甚至还选出了一名大葱王子!
大葱王子可以走在游行队伍的最前面,游行结束后,他还会为第一届大葱节揭幕。
这场盛会引起了人们很大的关注,甚至有一个电视节目摄制组专门从日本跑到现场拍摄。

大葱节异常火爆!
在学校里,孩子们花了一周的时间学习大葱的故事;班里最聪明的孩子还有机会参加大葱游行。

游行队伍中,各种彩车驶过街道。彩车上还有各种大葱摆设,用不同的方式向人们讲述神奇大葱的故事。

大葱王子走在游行队伍前面,后面跟着主题是"飞翔大葱"的彩车;紧接着是一群活泼可爱的孩子;再后面是一支长长的排成大葱形状的队伍。

但是游行的高潮却在队尾:最后面的那棵大葱!
它被人小心翼翼地从泥土中挖出来,放在一个天鹅绒毯子上,还有四个强壮的男人保卫着它。

人们还举行了一场比赛,看哪位爸爸或者妈妈能够像大葱那样坐在地上不动,谁坐的时间最长谁就是冠军。
爷爷奶奶们烤了美味的大葱蛋糕。
天空中还有一架飞机往下丢塑料制成的迷你大葱。

故事《一棵从天而降的大葱》迅速传遍了全世界。就在这一天,一位古怪的美国制片人要给大葱拍一部电影。
艾尔文将在电影中扮演一个重要的角色。
艾尔文的房子,他父亲的房子,还有一小部分韦豪森林都将成为电影中的场景。

在电影拍摄现场到处都是摄像机和闪光灯,在录制过程中还有很多好奇的游客来观看。
那位擅长讲故事的先生也在其中,他兴致勃勃地把大葱的故事讲了一遍又一遍。那位制片人每听一次都会感叹"神奇!""精彩!""酷!"。

艾尔文被邀请为大葱博物馆剪彩。里面的各种艺术作品让他惊叹不已:各种尺寸、颜色的大葱绘画,巨大的大葱造型石雕,还有一个用来观看大葱搞笑电影的小放映厅。

博物馆旁边有一个大葱园,里面长着各种各样的大葱。每棵葱前面都立着一个牌子,上面写着品种、发源地、烹饪方式等信息。

一天晚上,艾尔文家的后面立起了一块大屏幕,上面播放着《大葱的传说》这部电影。电影结束时,所有的观众都热泪盈眶。电影最后还有一张艾尔文和大葱的合影,字幕写道:这里有大葱带给我们的幸福,欢迎光临我们的城市!

当艾尔文乘坐飞机俯瞰这座城市的时候,他非常吃惊。

"这附近什么时候建了那么多房子啊?"

而且不光是房子,城市的南部还有一个巨大的大葱加工厂。那里生产大葱做成的肥皂,大葱造型的鞋子、书籍、行李箱和床……

一些卡车要将这些产品运送到遥远的东方去,而其他卡车正往城外运送刚收获的大葱。

城市的北部还有一个巨大的大葱游乐园。里面有大葱形状的雪橇、大葱巨人的广告、大葱火车和大葱镜子宫殿。在镜子宫殿里,每个人在镜子里都会看到自己变得跟大葱一样。

城市周边有很多大型停车场。

白天,很多人会开车来大葱市游玩,所以这里会停满车;傍晚,人们离开后停车场就变空了,游乐园和城里的商店也都关了门,积攒了一天的垃圾也都被运走了。

城市又恢复了原有的安静祥和。

这时,艾尔文会来到阳台上享受这样的宁静。

他会喝一杯大葱啤酒,然后随性地往楼下扔一棵大葱……

第二章

两年漫长的时光过去了,在韦豪森林的最深处,斯文也十八岁了。

他的生日庆祝会比哥哥的小一些,但也非常有趣。

"孩子,"那一晚樵夫说道,"你现在长大了,也有能力照顾自己了。我很贫穷,给不了你更多了。你走吧,去找一个新的地方生活,寻找自己的幸福。"

斯文也走了。

在森林里的尽头,他看到了十三个凶悍的强盗。他们围着一只小狗站成一圈,彼此大吵大叫,快要把耳朵吵聋了。

"我们应该把它浸泡在蜂蜜里面,半小时后再放进煮沸的啤酒里加热!"

"不!它必须用油炸!这样就会有一个香脆的外皮,然后我们就可以配着番茄虾仁把它吃光。"

"不!要配李子吃,吃兔子肉必须搭配李子!"

那只小狗因为害怕浑身发抖。

斯文一把推开强盗,抱起那只小狗。

"这根本不是兔子,这是一只小狗!"

"啊,什么?"强盗们大笑,"加点蛋黄酱就吃不出味道有什么差别了!"

斯文趁机抱起小狗就跑。强盗们咆哮着追去:"停下!"强盗头子喊道:"站住,不然我把你们两个都活烤了!"其他强盗在一旁轻蔑地笑着。

"不论怎样,我都不会把小狗给你!"斯文说道,"我兜里有一种魔药,喝下后会变成大怪兽,我会把你们一个个串起来放在火上烤,那我们今晚就能吃上强盗爆米花啦。"

十三个强盗吓得脸都白了。

他们彼此看了一眼……

然后迅速逃进森林躲了起来。

小狗开心地汪汪叫起来,跟着斯文走向那片开阔的平原。风从斯文耳边吹过,远处传来一阵阵凄惨的哭喊声。

斯文顺着声音走去,看到
一群人用惊恐的眼神看着他。

"发生了什么事?"斯文问道。

"我们……我们被袭击了,"一位带着小猴子的街头音乐家结结巴巴地说,"被一群野蛮的强盗袭击了。他们把我们的东西都抢走了,而且还说要回来把我们都活烤了……"

旁边有一位老妇人吓得泪流满面。

"这样啊,你们不用担心,"斯文说道,"我已经把那群强盗赶进森林里了。"

但那群人还是很害怕。

斯文仔细考虑了一下,突然有了一个绝妙的主意!他搬来一块块石头,将它们一圈一圈地垒起来。这群人仍然很害怕地看着他,不知道他到底想干什么。

第一圈石头垒好后,斯文又在上面垒了一圈。一层接着一层,不一会儿,这群人都被围进了一堵坚固的石头围墙里。

"现在,任何强盗都无法进来袭击我们啦!"人们高声欢呼,呼声一直传到远处的森林里……

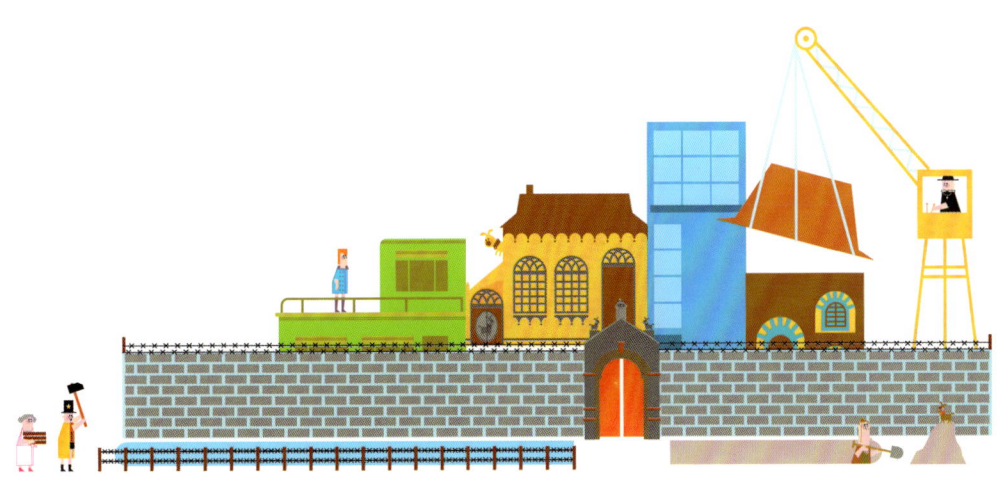

第二天,斯文走过这座石头墙围起来的城市时,看见了一片热闹的景象。

刚出炉的面包散发着香气,弥漫在空气中。

小猴子一边吃香蕉,一边高兴地跳来跳去。

驯兽师正忙着处理火圈和喷水壶。

关于这座城市安全性很高的消息一下子传播开来,石墙出口处排起了长长的队伍,大家都想住在这儿。

斯文叹了口气,他想:最好现在能马上扩建城市,这样就够人们住的了。

排队的人渐渐失去了耐心,还有些人想要插队。这时,有两个人乘着热气球越过石墙,飘到了城市上空,其中一个人正准备顺着绳梯进入这座城市。

"喂!"斯文叫道,"不能这样!你们要排队等,要像别人一样遵守秩序!"

突然,他认出了那两个人……

他们和那群强盗是一伙儿的!

斯文猛拉了一下绳梯,其中一个强盗大叫一声从上面摔了下来,正好落到一位守城士兵面前。另外一个强盗由于热气球失重,就随着热气球飞上了高空,再也回不来了。

这时,斯文突然看到第三个强盗正准备踩着高跷跨过城墙,结果踩到了小猴子丢下的香蕉皮,摔了一大跤,被守城士兵抓了个正着。

"看到了吗!就这样轻松除掉了三个强盗!"斯文大笑道。

他一边吹着口哨,一边又开始往城墙上垒石头。他心想:那些强盗不会这么轻易放弃的。

墙外,有两块大石头正蹑手蹑脚地接近城墙。

"从这边过去。"躲在左边石头后面的强盗低声说道。

"不行,从这边。"躲在右边石头后面的强盗低声吼道。

"嗯,"斯文说,"还是从右边过去吧,右边是通往监狱最近的路。"

就这样,这两个强盗被关进了监狱。

快到晚上的时候,第二层城墙盖好了。

斯文正想把城墙门关上,一位磨坊主哭着跑过来说:"那些强盗毁了我的磨坊,放了一把火把它烧掉了。而且,他们还在火上烤香肠,还围着火堆跳舞……"

斯文深深地叹了一口气。

难道他们永远都摆脱不了这群强盗吗?

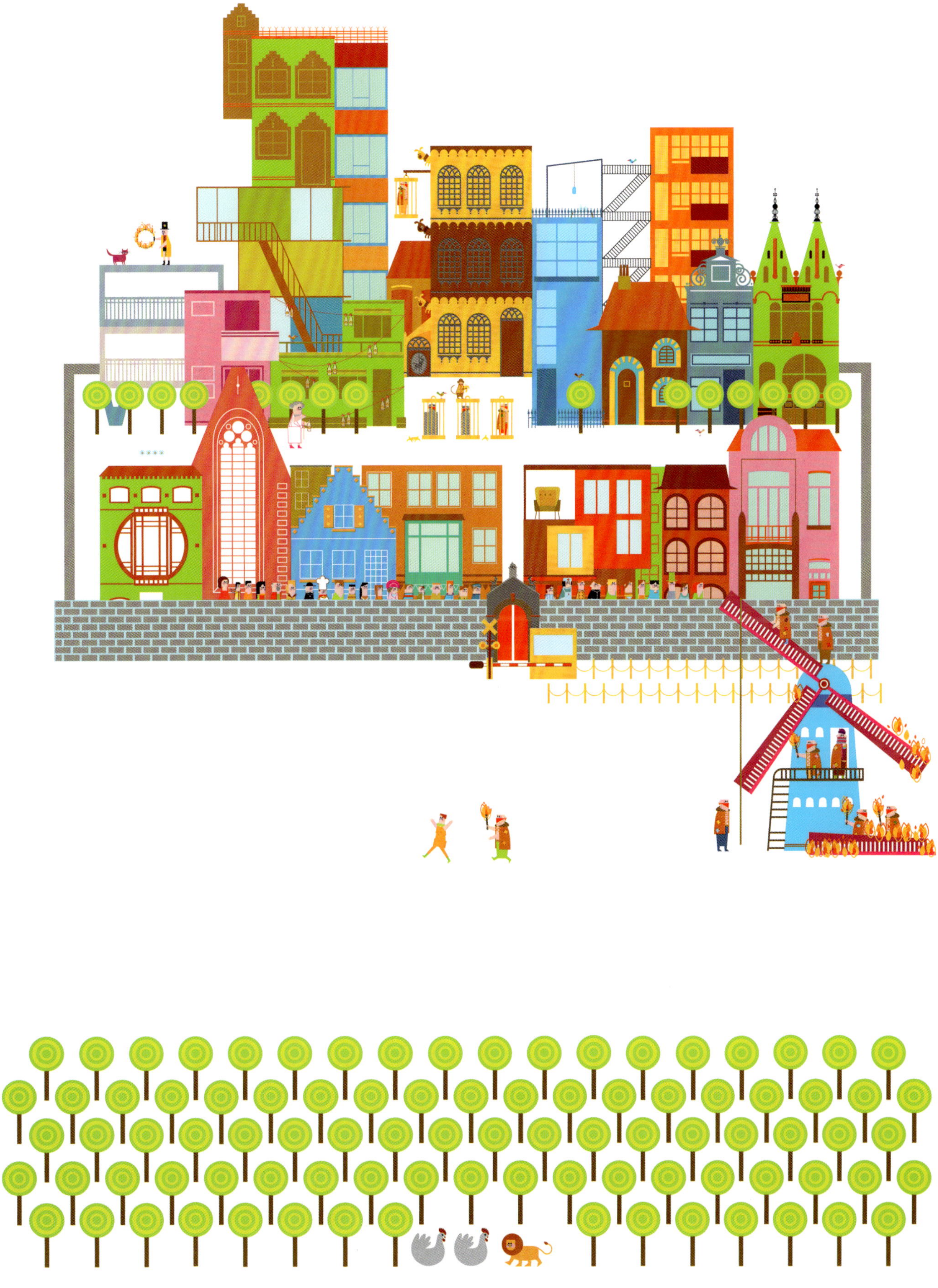

城墙内的生活像往常一样进行着。送奶工每天挨家挨户送牛奶；牧师修建了一座教堂；孩子们每天照常上学。

越来越多的人来到这座城市，斯文也把城墙垒得越来越高。每个人都在为自己的城市出力。谁强壮，谁就主动去拆除老城墙，搬运新石头；谁勇敢，谁就负责晚上守卫城市。
但强盗们还是不断地尝试溜进城来。

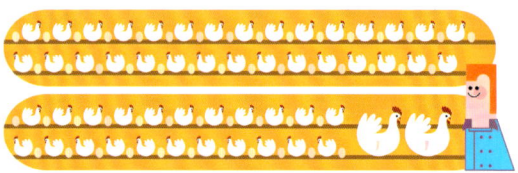

有两个强盗伪装成鸡，蜷缩在鸡舍里，但由于下不出蛋，很快就被识破了。
那就让他们乖乖在监狱里面孵蛋吧！

还有两个强盗偷了两张蹦床，使劲地往高处蹦，希望能一下子越过城墙。但他们跳得太高了，落下来的时候挂在了教堂塔尖的公鸡指南针上。

有一位老妇人设计了一个自动防盗报警器。她在房间里绑了很多绳子，在绳子上又系了很多空的大葱啤酒罐。当强盗不小心碰到绳子的时候，空啤酒罐就会发出声音报警。
这还真是个聪明的想法呢！

就这样，这座城市变得越来越安全。

有一天，两位其他城市的市长来这里参观访问。他们对这座城市的安全性能非常感兴趣。他们还想知道强盗被关押在哪里，城门的钥匙又在哪里保管。斯文骄傲地带着他们四处参观。
晚上，他还为两位市长举办了盛大的欢迎宴会。

大街小巷，房前屋后，到处挂满了灯笼和装饰物。驯兽师引导着动物钻过火圈；面包师傅开心地揉着面团；孩子们画了很多美丽的画；烟花生产商制造了目前为止最大的烟花。
每个人都在喜庆的气氛中忙碌着。
但在城市的中心，地面上却出现了几个小洞……

几个强盗打算等宴会一开始,就从地洞里钻出来,解救关在监狱里的同伙。他们要把所有的房子烧掉,把所有的市民抓起来。

但他们的计划并没有像想象中那样顺利……

第一个钻出地面的强盗先闻到了一股香味儿,
接着感觉很暖和,
但马上"暖和"就变成了"热"……
而且是……"啊,太热了!"
面包师傅听到了烤箱里传来的叫声。
"好奇怪啊,"他心想,"我的面包从来都不会大喊大叫的。"他打开烤箱,发现了那个被烤焦的强盗。

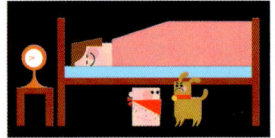

第二个强盗钻出地面时居然是在斯蒂尔女士的卧室床下。
她戴着耳塞睡觉所以没听见。
但她床下的小狗弗鲁非可不愿意了,它大叫起来,声音传遍了整个城市,那个强盗很快被逮捕了。
抓到强盗后,每个人都轻手轻脚地走出卧室,以免把斯蒂尔女士吵醒。

这期间宴会一直欢快地进行着。

两位市长和斯文坐在一起。
面包师傅端来很多面包,摞在一起像小山一样。
另外还带来一个大大的特殊的面包——那个被烤焦的强盗。

突然这个强盗朝那两个市长高兴地喊道:"太好了!你们快把我松开!"
"笨蛋!闭上你的嘴!"一位市长咆哮道。他指着另一位市长说:"你难道不知道老大有一个宏伟的计划吗?"
"蠢货!"强盗头子大叫道,"你们出卖了我!"

斯文毫不犹豫地给那两个假市长戴上了手铐。
"看到了吗?就这样又轻松除掉了三个强盗!"斯文大笑道,"现在所有的强盗都被抓住了,没有人再担心害怕了。我们把城墙推倒吧!"

然后他们就真的把城墙推倒了。

第三章

在韦豪森林的最深处,瓦特已经等了四年,终于等到了自己的十八岁生日。

十八岁生日那天,天还没亮,瓦特就来到爸爸的床前。他不想再等下去了。从今天开始,他要去闯荡这个大千世界,寻找自己的幸福。

"很好,孩子,你走吧。"樵夫昏昏欲睡地说。

于是瓦特就出发了。

他要去寻找一个好地方,去建造属于自己的理想城市。很久之前他就有了自己的规划。瓦特已经听说了他的哥哥艾尔文和斯文的城市都非常漂亮,但在他看来,这些城市都缺乏实用性。虽然这两座城市都各有五家面包店、六家肉店,还有七家综合商店,但店铺之间分布零散,商品品种不全,市民们必须逛遍整座城市才能完成日常必需品的采购。

另外,艾尔文市和斯文市到处建满了房子,再也没有多余的空地了。瓦特想要建造一个更好的城市。他在规划中留出了一片空地进行绿化,方便市民们在假日里去遛狗、玩耍。

在他哥哥们的城市里,居民区和商业区建在一起,各种车辆穿梭在其中,既拥堵又危险。瓦特希望能建造一座安全的城市。他要在城市周边建一个大型停车场,以减少市内的汽车数量。

就这样,瓦特带着他的种种想法来到了一块空地上。"我可以在这里建造我的城市。"他小声地自言自语。

瓦特非常认真地开始了工作。

他用粉笔在地上画了六个区域:

第一个区域用来建房子。所有的房子外形和大小都一样,这样居民们就不会因为哪座房子最漂亮,哪座房子最大或者最贵而争吵了。

在第一区域的旁边,也就是第二区域,是一片森林。森林能净化空气,人们可以在里面嬉戏玩耍,小狗也可以在里面自由奔跑。

在第三区域,他设计了餐馆、咖啡厅和一个很大的电影院。这个区域适合人们晚上出来消遣,因为它离家很近。

第四区域是一个工厂。这个区域必须离大公路很近,这样大卡车就不用开进城里了。

右下角的第五区域是学校和教堂,远离闹市区。

最后一个区域也就是第六区域,被瓦特规划为购物区,他认为这样比较方便。里面各种商店齐全,居民在采购的时候不会浪费时间。

瓦特站在那里,非常满意地看着自己用粉笔画好的城市规划图。这一切都那么整齐、实用、分工明确,跟他预想的一模一样。这是一座完美的城市。路过的行人也这样认为。是的,他们都愿意住在这里。

瓦特让人们按照职业及来源地排好队,然后进行分配。于是,一位擅长烹饪的人去掌管餐厅;一位老妇人去经营灯具店;一位护林工去看守森林;一位女教师去学校执教。

人人各得其所。

分配完毕后,挖掘机和起重机都快速运转起来,一转眼,他们就建好了这座城市。

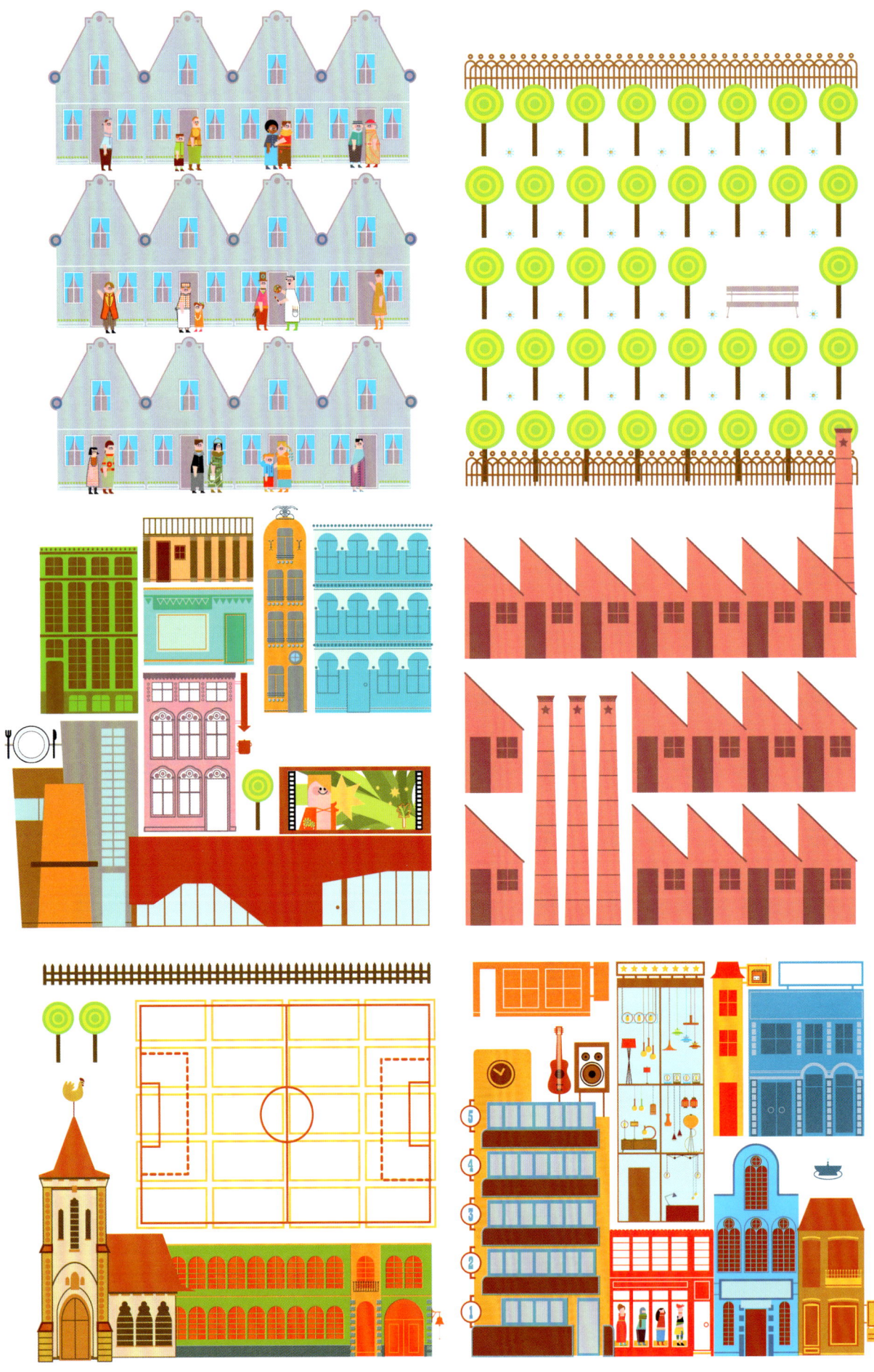

在这座新城市建成的那一天,每个人都非常开心,因为他们终于可以住在这样一个整洁又实用的地方了。

这座城市设计巧妙且功能一应俱全!
但仍有一些居民,会时不时地发现这里或者那里还有一些不足之处……

这座城市里所有房子挂的都是蓝色的窗帘,一位男士觉得很无趣,便换上了自己喜欢的橙色窗帘。还请朋友帮自己把灰色的房子刷成了新颜色。

但他的邻居们对此很不满,因为这样一来房子看上去就不整齐了。
"这座城市的房子都是灰色的,窗帘都是蓝色的,所有的一切必须原封不动!"

一对年轻的夫妇在家门前的小花园里种了红色的玫瑰花,他们很喜欢。但是邻居们却颇有怨言,抗议他们这样做,"所有人的小花园里种的都是绿色的花,这样很好啊!"

有一位女士给自家的房子建了一个门廊,她觉得这样很温馨,但是却受到了别人的指责。"法律规定人人平等。"于是,她的门廊被拆掉了。

久而久之,人们的生活便无法继续了。
瓦特在学校食堂召开了一次大型会议,希望大家心平气和地谈谈各自的想法。
但结果却变得一发不可收拾……

一家人想在花园里建一个狗舍,但他的邻居们不同意。

一位屠夫想给自己的房子修一个大天窗。"想都别想!"几十个人大叫着反对,"如果房子有那样的大天窗,夏天会很热的!"

还有很多人希望把他们的房子装饰得特别一些。他们觉得,如果能自由选择房子的颜色和信箱的大小,这座城市会变得更美丽。但也有一些人希望维持原状,他们希望街道、房屋都整齐划一。

食堂被人们的争吵声震得发抖。
瓦特看着这一切,倍受打击。

这时突然响起了震耳欲聋的爆炸声!
所有人都安静了下来。瓦特连忙跑出去看。
冒着烟的沥青、碎木屑、爆米花以及燃烧着的厂房碎片从他耳边飞过。

原来是玉米加工厂爆炸了!

这真是一场浩劫。爆炸导致城市中间出现了一个巨大的坑，工厂被夷为平地，房屋、商店、餐馆都被熊熊烈火吞噬，周围一片火海。

瓦特付出心血建造的一切都付之一炬，他难过地流下了眼泪。难道一切都要从头开始吗？

这时，事情突然有了转机。
人们都忘记了争吵，他们排成一排传递水桶，齐心协力扑灭了大火。
刚才还在为院墙高度打得不可开交的两个邻居，此时也像兄弟般团结友爱。

大火被扑灭后，人们又清扫了所有的爆炸碎屑。
这时一个小女孩突然有了一个好主意："不如趁现在征集意见，想想怎么重建城市？"
所有人都赞同这个主意，大家一拍即合，"拯救我们的城市"行动马上开始了！

一位擅长演唱的女士制作了一张CD出售，还有人卖笔、肥皂、贴纸、日历、玩具和爆米花，附近城市的驯兽师也来表演节目，帮忙筹集资金。大家还开展了"买1瓶大葱啤酒，捐献1欧元给城市"、"花5欧元就能骑半小时马"、"花5欧元吃一个三种口味的冰淇淋"等一系列活动。这些活动所赚的钱都将捐献给"拯救我们的城市"这个活动。

这些钱被装进一个大口袋里。
在晚上最后一场演出的时候，还有一个日本的电视节目摄制组专门赶来采访，记录下了这些钱被郑重交到瓦特手里时的感人场景。

瓦特马上开始了新的城市规划。这一次他更加深思熟虑了。"也许让每座房子的颜色互不相同并不是一个坏主意,或者安装不一样的门也不错,五彩斑斓的窗帘也很漂亮吧?"

"也许灯笼里可以装上各种颜色的灯?"小女孩问道。

"是啊,有什么不可以呢?"瓦特心想,"每个人最终还是想住在一个快乐的城市里啊!"

有位商人想建一个大型的购物商场,把所有的商店都集中在一起。这样一来,团结力量大,无论发生什么样的经济动荡,个体商户都能保全自己生存下去。

有位船长建议在爆炸产生的巨坑和大海之间修建一条运河。这样巨坑就会慢慢地被海水填满,市中心就会形成一个大湖。

工厂老板也觉得这是个好主意。因为这样一来这里就形成了一个海港,他们以后能用船更快捷地向其他城市运输货物。

包装厂厂长高兴地告诉电视台:"我对这些想法的落实非常满意。"

大葱啤酒也在他们工厂里包装成箱,今后也将从这里运往世界各地。"大葱啤酒销往全世界!"

这场大爆炸也给这座城市带来了意想不到的观光价值。爆炸后人们发掘出一根柱子,经考古学家鉴定,这是一根两千年前的古庙石柱!

到了夏天,人们可以去湖里游泳。喜欢垂钓的人可以在湖边钓鱼,很多家庭也可以在湖边野餐。

到了冬天,湖面结冰了,人们可以在这里滑冰,瓦特还可以在这里贩卖爆米花和大葱粥。

到了春天,画家们可以用画笔描绘港口的美景。

到了秋天,瓦特还可以举办盛大的森林徒步活动。

这座城市日益繁荣,瓦特非常满意。

"城市规划要做好,但更要让市民生活得舒心惬意!"瓦特也为他的城市感到骄傲。

在韦豪森林的最深处,樵夫还是住在那里。现在只剩下他一个人了,但他并不觉得孤单。

每天早晨他都会吃一顿用橡果和松树蜜做的丰盛早餐,然后就去工作了。

但偶尔,在极少数情况下他也会休息一天。
在难得休息的时候,他会去艾尔文那里喝大葱啤酒。
他会跟斯文一起去看驯兽师的表演,或者跟瓦特一起去湖边散步。

但一到晚上,他还是会回到韦豪森林中的小木屋里。

如果天气太冷睡不着觉,樵夫就会听着屋外呼啸的风声消磨时间,或者给自己讲个笑话,吃一点橡果和松树蜜。

姓名：艾汀尼
居住地：艾尔文市
正在前往：斯文市
他要给斯文市老人院里的老人们带去欢乐，给他们讲"飞翔的大葱"的故事。他的行李箱里有真正的大葱，能让那些老人"亲身感受并分享神奇的大葱"。

姓名：菲利克斯和雅克布
居住地：艾尔文市
正在前往：瓦特市
这两位消防员要去检查一下那里是不是有火灾发生。如果有，那这些消防英雄们已经做好斗争到底的准备了。

姓名：维克多·提姆茨
居住地：艾尔文市
正在前往：斯文市
他的侄女因为喝了太多的大葱啤酒生病了，他带上礼物去看望她。

姓名：罗纳尔多和唐纳德·克拉佛雅思
居住地：斯文市
正在前往：艾尔文市
他们参加了一整月的大葱游行，希望用赚到的钱给马戏团买一个帐篷。

姓名：米克·杜拜尔福拉普
居住地：斯文市
正在前往：艾尔文市
她要去买一只公鸡。她的小鸡们需要有个玩伴。

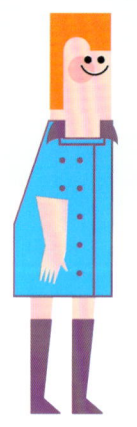

姓名：瓦尼斯·麦芒德
居住地：斯文市
正在前往：瓦特市
要去瓦特市的港口迎接从非洲归来的家人们。

姓名：巴特·布雷恩纳特
居住地：瓦特市
正在前往：斯文市
他要去看马哈里在斯文市的演出。他疯狂地喜欢上了她，到处追着看她的表演。

姓名：马哈里·哈豪斯道姆
居住地：瓦特市
正在前往：斯文市
她的专辑《火焰》在各地排行榜上位居首位。她每周都有十场演出。

姓名：鲍德瓦恩·瓦斯比尔
居住地：瓦特市
正在前往：艾尔文市
去探望他的哥哥。他哥哥在挂鸟窝的时候从梯子上摔了下来。

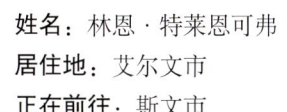

姓名：林恩·特莱恩可弗
居住地：艾尔文市
正在前往：斯文市
她和瓦特市的波利斯互通过多次书信，也发过很多短信，今天他们终于要见面了。波利斯说自己是身体强健、肌肉发达的帅哥，特别喜欢漂亮衣服和流行音乐。他们约好12点在斯文市的大门口见。

姓名：音妮可·瓦艾斯哈尔
居住地：艾尔文市
正在前往：瓦特市
去找她走丢的小狗。她很想知道还能不能找回那只小狗。

姓名：里昂·德·莫尔
居住地：艾尔文市
正在前往：斯文市
里昂和他的篮球队希望能获得本年度"大葱斗士"篮球联赛的冠军。

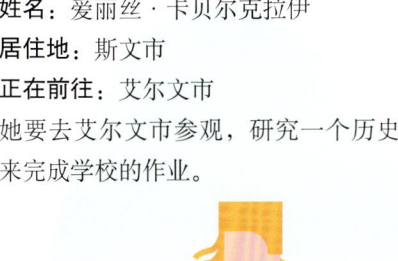

姓名：爱丽丝·卡贝尔克拉伊
居住地：斯文市
正在前往：艾尔文市
她要去艾尔文市参观，研究一个历史事件，来完成学校的作业。

姓名：卡斯珀尔·威尔克莱姆
居住地：斯文市
正在前往：瓦特市
他准备在那儿的购物商场逛一天。那里正在打折，最低三折优惠！

姓名：多丽丝·法艾泽拉
居住地：斯文市
正在前往：艾尔文市
她要去参加歌剧《狼与七棵大葱》的试镜。她希望能扮演大葱妈妈这个角色，但是只要能演，随便演哪棵葱都是很有趣的。

姓名：哈泽尔·瓦特普莱特
居住地：瓦特市
正在前往：斯文市
她要去上插花课。这门课比想象的难多了！

姓名：安东尼·莫塞尔克鲁尔
居住地：瓦特市
正在前往：艾尔文市
这位设计师想用大葱叶子制作一件婚纱。

姓名：波利斯·哈克拉夫
居住地：瓦特市
正在前往：斯文市
他终于有勇气去和海伦娜·特莱恩可弗相亲了。好紧张！